蕓朵 著

蕓朵截句

臺灣詩學 25 週年 一路吹鼓吹

【總序】
與時俱進‧和弦共振
——臺灣詩學季刊社成立25周年

蕭 蕭

　　華文新詩創業一百年（1917-2017），臺灣詩學季刊社參與其中最新最近的二十五年（1992-2017），這二十五年正是書寫工具由硬筆書寫全面轉為鍵盤敲打，傳播工具由紙本轉為電子媒體的時代，3C產品日新月異，推陳出新，心、口、手之間的距離可能省略或跳過其中一小節，傳布的速度快捷，細緻的程度則減弱許多。有趣的是，本社有兩位同仁分別從創作與研究追蹤這個時期的寫作遺跡，其一白靈（莊祖煌，1951-）出版了兩冊詩集《五行詩及其手稿》（秀威資訊，2010）、《詩二十首及其檔案》（秀威資訊，

2013），以自己的詩作增刪見證了這種從手稿到檔
案的書寫變遷。其二解昆樺（1977-）則從《葉維廉
〔三十年詩〕手稿中詩語濾淨美學》（2014）、《追
和與延異：楊牧〈形影神〉手稿與陶淵明〈形影神〉
間互文詩學研究》（2015）到《臺灣現代詩手稿學研
究方法論建構》（2016）的三個研究計畫，試圖為這
一代詩人留存的（可能也是最後的）手稿，建立詩學
體系。換言之，臺灣詩學季刊社從創立到2017的這
二十五年，適逢華文新詩結束象徵主義、現代主義、
超現實主義的流派爭辯之後，在後現代與後殖民的夾
縫中掙扎、在手寫與電腦輸出的激盪間擺盪，詩社發
展的歷史軌跡與時代脈動息息關扣。

　　臺灣詩學季刊社最早發行的詩雜誌稱為《臺灣詩
學季刊》，從1992年12月到2002年12月的整十年期間，
發行四十期（主編分別為：白靈、蕭蕭，各五年），
前兩期以「大陸的臺灣詩學」為專題，探討中國學者
對臺灣詩作的隔閡與誤讀，尋求不同地區對華文新詩
的可能溝通渠道，從此每期都擬設不同的專題，收集

專文，呈現各方相異的意見，藉以存異求同，即使
2003年以後改版為《臺灣詩學學刊》（主編分別為：
鄭慧如、唐捐、方群，各五年）亦然。即使是2003年
蘇紹連所闢設的「臺灣詩學‧吹鼓吹詩論壇」網站
（http://www.taiwanpoetry.com/phpbb3/），在2005年
9月同時擇優發行紙本雜誌《臺灣詩學‧吹鼓吹詩論
壇》（主要負責人是蘇紹連、葉子鳥、陳政彥、Rose
Sky），仍然以計畫編輯、規畫專題為編輯方針，如
語言混搭、詩與歌、小詩、無意象派、截句、論詩
詩、論述詩等，其目的不在引領詩壇風騷，而是在嘗
試拓寬新詩寫作的可能航向，識與不識、贊同與不贊
同，都可以藉由此一平臺發抒見聞。臺灣詩學季刊社
二十五年來的三份雜誌，先是《臺灣詩學季刊》、後
為《臺灣詩學學刊》、旁出《臺灣詩學‧吹鼓吹詩論
壇》，雖性質微異，但開啟話頭的功能，一直是臺灣
詩壇受矚目的對象，論如此，詩如此，活動亦如此。

　　臺灣詩壇出版的詩刊，通常採綜合式編輯，以詩
作發表為其大宗，評論與訊息為輔，臺灣詩學季刊社

則發行評論與創作分行的兩種雜誌，一是單純論文規格的學術型雜誌《臺灣詩學學刊》（前身為《臺灣詩學季刊》），一年二期，是目前非學術機構（大學之外）出版而能通過THCI期刊審核的詩學雜誌，全誌只刊登匿名審核通過之論，感謝臺灣社會養得起這本純論文詩學雜誌；另一是網路發表與紙本出版二路並行的《臺灣詩學·吹鼓吹詩論壇》，就外觀上看，此誌與一般詩刊無異，但紙本與網路結合的路線，詩作與現實結合的號召力，突發奇想卻又能引起話題議論的專題構想，卻已走出臺灣詩刊特立獨行之道。

臺灣詩學季刊社這種二路並行的做法，其實也表現在日常舉辦的詩活動上，近十年來，對於創立已六十周年、五十周年的「創世紀詩社」、「笠詩社」適時舉辦慶祝活動，肯定詩社長年的努力與貢獻；對於八十歲、九十歲高壽的詩人，邀集大學高校召開學術研討會，出版研究專書，肯定他們在詩藝上的成就。林于弘、楊宗翰、解昆樺、李翠瑛等同仁在此著力尤深。臺灣詩學季刊社另一個努力的方向則是獎掖

青年學子，具體作為可以分為五個面向，一是籌設網站，廣開言路，設計各種不同類型的創作區塊，滿足年輕心靈的創造需求；二是設立創作與評論競賽獎金，年年輪項頒贈；三是與秀威出版社合作，自2009年開始編輯「吹鼓吹詩人叢書」出版，平均一年出版四冊，九年來已出版三十六冊年輕人的詩集；四是興辦「吹鼓吹詩雅集」，號召年輕人寫詩、評詩，相互鼓舞、相互刺激，北部、中部、南部逐步進行；五是結合年輕詩社如「野薑花」，共同舉辦詩展、詩演、詩劇、詩舞等活動，引起社會文青注視。蘇紹連、白靈、葉子鳥、李桂媚、靈歌、葉莎，在這方面費心出力，貢獻良多。

臺灣詩學季刊社最初籌組時僅有八位同仁，二十五年來徵召志同道合的朋友、研究有成的學者、國外詩歌同好，目前已有三十六位同仁。近年來由白靈協同其他友社推展小詩運動，頗有小成，2017年則以「截句」為主軸，鼓吹四行以內小詩，年底將有十幾位同仁（向明、蕭蕭、白靈、靈歌、葉莎、尹玲、黃里、方

群、王羅蜜多、雲朵、阿海、周忍星、卡夫）出版《截句》專集，並從「facebook詩論壇」網站裡成千上萬的截句中選出《臺灣詩學截句選》，邀請卡夫從不同的角度撰寫《截句選讀》；另由李瑞騰主持規畫詩評論及史料整理，發行專書，蘇紹連則一秉初衷，主編「吹鼓吹詩人叢書」四冊（周忍星：《洞穴裡的小獸》、柯彥瑩：《記得我曾經存在過》、連展毅：《幽默笑話集》、諾爾·若爾：《半空的椅子》），持續鼓勵後進。累計今年同仁作品出版的冊數，呼應著詩社成立的年數，是的，我們一直在新詩的路上。

檢討這二十五年來的努力，臺灣詩學季刊社同仁入社後變動極少，大多數一直堅持在新詩這條路上「與時俱進·和弦共振」，那弦，彈奏著永恆的詩歌。未來，我們將擴大力量，聯合新加坡、泰國、馬來西亞、菲律賓、越南、緬甸、汶萊、大陸華文新詩界，為華文新詩第二個一百年投入更多的心血。

2017年8月寫於臺北市

【自序】
今年最長的一首詩

　　　　　　　　　　　　　　　　雲朵

　　截句一詞很新，橫空出世。

　　2016年底，白靈老師在臺灣詩學的年度聚會上，攜來一本書；大陸小說家蔣一談的《截句》。書的作者有一天突發奇想，把他小說中的句子截取出來，匯成一本《截句》出版，作者認為小說中的文句，也有如詩句般精練而美麗的文字，而這些句子也許如鑽石般晶瑩剔透，卻隨性地散落在小說各處，若是收集起來，或許可以看出作者在創作上的另一種面目，從側面看出創作者在文字功力上的段數。

　　同時，在小說流暢的敘述文字之外，截斷其部分

情節的流動，而放大某些具有特色或是意義的句子，以類新詩分行的形式將這些句子以不超過四行的形式排列，將細節放大後的效果也許可以呈現另一種角度的美學。換言之，若從斷章而產生的歧義，從整體切割之後激發的文字效果，有時，可能也會像轉個彎的文學思維，體現創作者獨立而企圖創新的野心。

　　於時，白靈老師提出大家一起來寫截句的構想。2017上半年，便成為詩壇上詩人競寫截句的時空舞臺。令人期待的是，詩人的截句與小說家的截句自是有不同的美學觀。詩是精緻的文字，當詩以如絕句般的短詩出現時，意象的掌握與標示自然必須重新處理，不能像小說一樣充斥著無限制的警句，也無法像詩的意象系統般體現龐大而有機的統一。

　　所謂截句，顧名思義是截取句子，從小說、詩、散文中截取句子而來，可以是精練的警句，或是美好的意象，特別令人驚豔的句子，或神來一筆的靈光乍現，在在特別提醒人們關注的眼神。

　　截句在形成上，可以截取某首詩中的特別有趣或

有意義的句子，也可以是再創作的四行小詩，也許是一個景觀窗，也許是一小塊視角，也許是新鮮的，也許是一首詩中重要的眼睛，如古人所謂的詩眼，從煉字或煉句所產生的特有的句子，可以有題目，也可以沒有題目。

《蕓朵截句》一書內容的來源，有些是從已經發表的詩中截取一、二個句子，或是某些特殊的句子，某個有趣的意象，或是一小段精緻的情感，這些沒有題目，只有號碼，而沒有題目，就以另一種留白的方式給讀者想像空間，但也有的詩就是四句以內的小詩，這些詩則是針對題目，書寫完整的內容。

有曾經發表過的，有今年新作，也許是完整的，自成一個完整體系的四句小詩，或是無題而根據心情隨手拈來的句子，有一行，二行，三行，四行，最多不超過四行。

在詩集中，我以數字編碼，從N0.01到N0.106，沒有特別的意義，採用隨機性的次序，因此，讀者在閱讀時，也是隨性的，不必從第一頁翻到最後一頁，

可以隨著閱讀者的心情，隨意翻開你想要的任何一頁，翻開任何時候的任何心情，只要讀者高興開心就好。而詩句旁邊的照片，無論是書法還是照片，都是一種暗示，也是給讀者多重的想像。

詩，給人越多的解讀空間越好，每個人閱讀一首詩時，都可以從個別的角度出發，無論是歧義性、多元性或複雜性，都足以更強烈地造就一首詩的豐富內涵。這就像羅蘭巴特的理論中提到的：「作者已死。」當作者的面目模糊時，讀者的身分就突顯出來。

所以，截句也許只有四行以內，也許表面上看起來僅僅是一個意象，但或許從意象上能看出不同內涵，不同指向，不同的暗示，或是不同的意味。像是一顆鑽石，旋轉一下，從不同角度都可能綻放出七彩光芒。

這種隨意性，是此本書想要傳遞的訊息。

因為截句之後，如果原作是母本，截句就像是與母體分離後的小孩，自然有獨立的生命體。這個生命體可以自由呼喊，自行分裂，自由想像，自己長成自

己的樣子，甚至規劃自己未來的容貌，這是我對於截句未來長大之後的幻想。

　　而這個幻想由作者提出，拋出一個球，接著由讀者接住想像的球體，開始進行讀者的閱讀想像，當作者已經提出該有的目標之後，讀者就是完成目標的人。每一個讀者拿到詩集，閱讀詩句的當下，都在重新組合並創作屬於讀者本身的截句情節。而每一個讀者在翻閱的過程中，每次的次序都是隨機性的，每個隨機性都是閱讀的一次完成。舉例而言，如果你隨意翻開，看到以下的詩句：

　　每顆青春痘
　　都只有一次春天

這二句詩，看起來是前不著村，後不著店的句子，但是，你可以自行想像前面的情節，也許青春痘的主人是青少年，或是中年人，也許男，也許女。而當他／她面對自己的青春痘時，也許是痛惡的，因為年輕，

太多青春冒出的熱情，滅火猶且不及，那有時間浪漫聯想？也或許，年歲大些，也許過了沒有青春痘的年紀時，那麼，春天就是一種回想、懷念與感歎。歲月是多到可以虛擲的，或是開始感到有那麼一點時光匆匆的感嘆，也或許你只是莞爾一笑，覺得有道理，然後笑著再翻開下一頁？

青春痘的前面，由讀者完成，青春痘的結局，也是讀者。

截句沒有特殊的人稱，特別的限制，或是特別引導你必須跟著它走，也不用順著作者的意念，找到詩中的主旨，它是一種隨機隨意性的閱讀，也是一種率真隨性的詩樣心情。

所以，讀者才是想像的主體，也是詩的真正完成，把作者放到隱形的區塊去吧，讓讀者自行決定閱讀的順序，想法，意象，讓讀者自行決定他的閱讀，讓讀者成為主體。

但話說回來，除了讀者，換個角度看看作者的立場。

　　對我而言，前述對於截句的體會之外，還可以再說一件事，如果我把這樣的隨機性看成隨機後的有機，所有的數字號碼連成一氣，成為一首長長長長的詩，而這首詩是由一百多首小詩組成，這樣看來，又是什麼？

　　這首詩，就是我今年寫的最長的一首詩。由最短的句子，最短的詩組成，一首今年前半年思考的總結。

　　截句之外，我從作者的角度再反思，詩作有新有舊，書法是新寫成的，照片從手機裡翻找，有些是以前拍的，有些是這半年拍的，書法作品的部分是央請愛好攝影的李子文同學拍攝，師生倆人，在假期的校園裡尋找拍攝的背景，隨著陽光的明滅，不斷搬移作品的位置，與光影追逐，順著光，隨著光蹲低或爬高，我們在自然光線的照映下，留取最美好的角度。那是這詩集出版前一段甜美的小曲。

　　為了截句，我將自己調整成一條短短的小蟲，腦袋裝的是小小的意象，小小的情境，小小的情敵或是小小的愛情，小小的思維不去建構大的有機組合，小

小的詩意與小小的詩味，像是小小趣味的截取，偶然的遇見，就是瞬間的愛戀，沒有過去，沒有未來。

　　這種小趣味的美學，像是晚明小品。不問過去來由，不問未來去處，就在當下，我們享受一下西湖的美景、明月的光芒、清晨的露珠，也是如此，截取的小趣味不必過度思考過度的偉大建構，凡是靈光乍現的，都歡迎。

　　所以這半年的寫作，彷如在寫一首長詩，是我，也非我，是詩，也非詩。有時歡喜有時悲，有時簡單有時複雜。若想成是一段記憶，一段心情描述，一段生命的計算方式，那便是了，是雲朵2017年上半年的寫的一首長詩。

於山實齋，20170728

目　次

雲朵截句

雲朵截句

雲朵截句

No.01

你隨意

無關承諾

無關男女主角

無關一切的一切

No.02

詩是一條任意線

你伸手

線頭隨時都在

雲朵截句

No.03

孤獨沒有影子
你一出生
便停在那裡

孤獨沒有影子

你一出生

便停在那裡

截句

蕓朵 書之

No.04

蟬聲把熱叫成浪潮

我在茶香中沉睡

把夢做成一段軟煙羅

No.05

你近得好遠

你的手機把世界拉到身邊
把身邊的我推到世界邊緣

No.06

步伐清楚記得每段倒影

跨過一截就是一回甜美歌聲

No.07

每顆青春痘
都只有一次春天

No.08

時間是你臉上最美的笑容

凍結時，特別是。

No.09

寂寞是一朵雲

長年開在你的心底

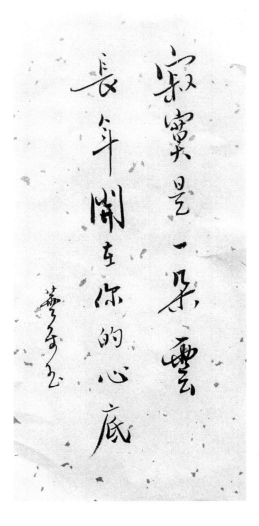

寂寞是一朵雲

長年開在你的心底

No.10

一隻貓躡手躡腳走過你的背脊

No.11

長鏡頭看盡你的一生
短鏡頭看透你的愛情

No.12

我是一隻

一隻孤獨的貓

蹲坐在你藍色的窗前

如一朵婉約的蓮

No.13

看似華麗，你
卻是一捅就破的戲

戲
却是一捅就破的
看似華麗，你

一面蕓朵

No.14

外面正在大雨

你的眼中裝著太陽

撐小花邊的陽傘

No.15

夢正移動

你躲到隔壁陽臺

看別人的夢

No.16

一種人潮散盡後的流動

是溫暖的孤獨

沒有與你影子的拉扯

意味那些混濁的水已經遠離

No.17

除了一把空椅子

你不知道什麼叫相思

No.18

中秋月圓

秋意僅僅是那一點點的涼

一直都哽在喉頭

No.19

秋與月

秋色飄浮著淡青的紗
把月光蒙上淺藍色的妝
沒有傳說
只有月亮

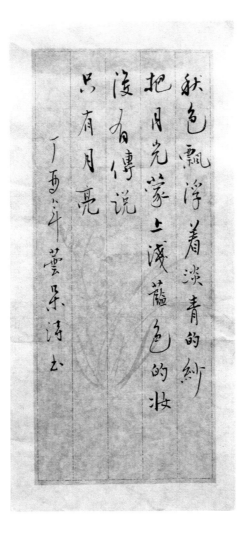

秋色飄浮着淡青的紗

把月光蒙上淺藍色的妝

沒有傳說

只有月亮

丁亥八年　雲朵詩苑

No.20

鼾聲

你的震動搖撼大地
一吸一呼——
所有的塵蟎紛紛選擇跳樓
逃生去了

No.21

別讓黑夜的國王聽見

我正在甦醒

趕往太陽的方向

雲朵截句

No.22

你坐在我身邊
我不知道你心中裝的是誰
走在一條陌生路上
其實，我也忘了你是誰

No.23

煙火最燦爛的一朵
也是光陰爆開的瞬息
之間。

No.24

我們走在一起，背對背

脊柱中長出森林

每棵樹都掛滿七彩鏡子

No.25

我的白色旅程

開始於天際第一道音符

No.26

到故宮尋歷史，找刺激，
卻被踢翻燒紅的鐵盆子，
灑一地廣告顏色的鮮血。

No.27

使人眼睛迷濛的不一定是淚
心背負的重量不確定是幻覺
我所觸摸你所歡唱的，都是
眼下正在發生的一粒舊種子

No.28

但這滿眼的水晶樹滿洞中
形成你從未見過的七彩之象
雨在外頭環繞成透明薄膜
世界是我們的

No.29

有些事有些人

費盡我們一生心力也不曾遇見

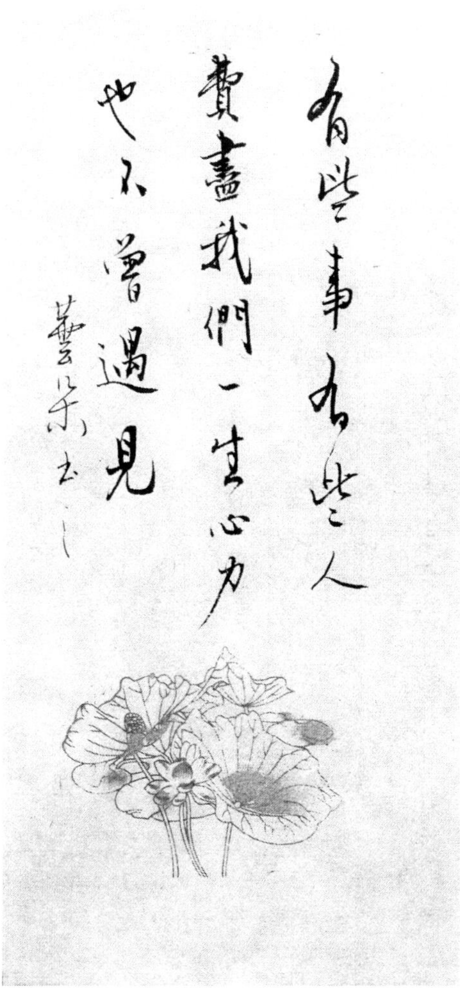
有些事有些人
費盡我們一生心力
也不曾遇見

No.30

說著說著，時光就死去了。

No.31

情人節也來寫情詩之一

我的情人是一個夢，只活一晚。
天光亮起時便蒸發無蹤，銀閃在空氣裡，
在你每一道呼吸中。

No.32

情人節也來寫情詩之二

我是中性的，無論男女都是情人
如你圍繞白色蘆葦，我是白色的
雲，躺在所有虛無中央，布滿紅
色玫瑰花瓣，像一個站立的泡沫。

No.33

情人節也來寫情詩之三

是高手以如真似幻的謊言，說愛，談情
然後，你便活在甜蜜建造的城堡中
酣然入眠。

No.34

你所有的願望
不過是一時的煙花盛開

你所有的願望
不過是一時的煙花盛開

雲朵

雲朵截句

No.35

千里之外有一杯清澈的水釋放你的未來
葉末施展喚醒記憶如蠢蠢欲動的魅影

No.36

月從枝頭

悄悄掛上她的衣角

星空顯得無聲無息

No.37

總有一種風，與你擦肩而過。
在你眼眸深處寫下
你的斷腸，我的天涯

No.38

灰塵停在時間的縱軸上
說，我就是，我就是
你們說的永恆。

No.39

青苔上石

我的腳步輕盈，斷崖從不喊疼
滑向綠意石面
端坐一尊
剛泡好的冰山雪水

No.40

離

一隻蒼蠅從火中飛出
越過藍寶鑽石
走了

No.41

冷的時光,
粉色桔梗泡半杯紅茶
喝三國興衰,大秦天下
淡淡如灰的窗外,一片濕雨

No.42

往事只能談談
話話。像煙。

往事只能談談

話話。像烟。

丁酉年

雲朵書

No.43

美女

他不愛你。
你張著，臉大的嘴
像鬼魅。

No.44

寫詩

我的腦袋裡關著鬼怪神祇
每天放一隻出來走走
傍晚時，就釘在牆上
成了一首詩。

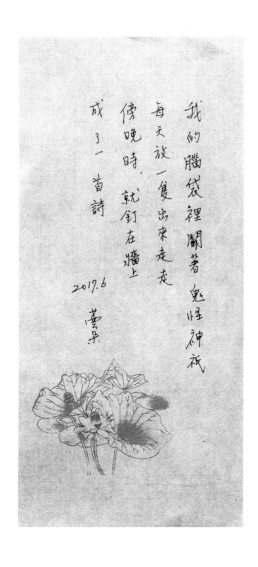

我的腦袋裡關著鬼怪神祇
每天放一隻出來走走
傍晚時，就釘在牆上
成了一首詩

2017.6
夢朵

No.45

觀畫

薄霧在夜中，
以一朵蓮的姿態
走入禪境。

No.46

玻璃與鏡面相互照映
影子縮短，黑暗是一朵玫瑰
藏匿在光之外
從此，空白。

No.47

悟

灰塵當久了想跳脫紅色
微塵的魔咒，直到
巨石燒成灰燼時，
才知道地球早已飛走。

雲朵截句

No.48

黑暗中

茫茫然的海中尋找你的
那片小舟,我以為只有我自己

所有人,都伸長手,摸著黑
尋找自己眼中的珍珠

No.49

流星

空中的每隻手抓著一生

其實只有瞬間

劃過天際與無邊無際的黑暗

No.50

鎮尺

我腳步輕盈正在行走
青綠色的夢
斷崖上吵醒精魂，成了你
案頭上的一方鎮尺

No.51

詩人是連串對話下的

一個逗點，

有時不小心成了詩句中的眼睛

帶著你順便探索未來

No.52

不負

山與水不必言語
一個人一杯茶
將皚皚山頭坐成一道飛雪

No.53

故事說完時，就是告別

日子縮小為一顆米粒

No.54

假裝是你

跟蹤你的影子假裝是你

影子疊合時我隱藏自己

偷藏一顆心粉塵大小

假裝是你裝扮成葉下朝露的我

No.55

假裝有愛

在芸芸眾生中我只愛你一人
除了我之外你更愛芸芸眾生
假裝帶面具，然而
面具沒有假裝

No.56

寂寞咖啡杯

轉身想像透明正在蔓延

直到將你全部冰凍

若是河流也渡不過今日泛起的人影

褐色將讓你淹沒在路的盡頭

No.57

人走時，不帶走一滴滴思念
順便把腦袋裡讀過每個字眼
抹成灰燼。燒成朵朵蓮花
印在空氣裡

No.58

讀畢一篇論文為記

跳蕩於理性的逗點之間

音符穿梭，愛情蒸發

翻騰一片雲朵暨

你睡覺前為自己豎立的紀念碑，一小座

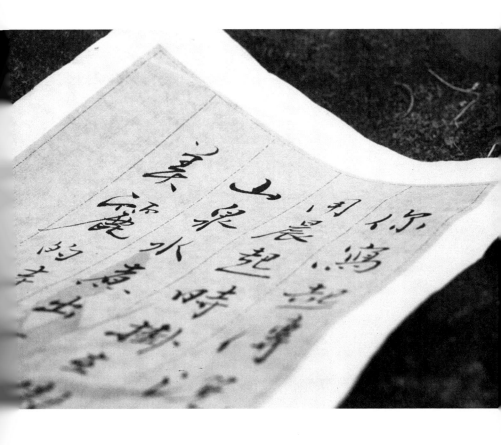

No.59

另一種月光

詩句彷如月色
人們僅僅看到
某種屬於自己的朦朧銀色
愛情也是。

No.60

給你們的期中評量

紅字背後，深夜
線條坎坎坷坷
每個數字都在默默定位
你們要的每一吋青春

No.61

我飛翔著我的天空

跳在空中的音樂

離開心，於是沒有盡頭

不藏不棄不執不守

天地崩解，而已。

No.62

不知題

一道風景跑在前頭
勝過你的風景
另一道風景一直靜靜蹲在那兒
在路邊看著你

雲朵截句

No.63

面向

一個人長出許許多多張臉
看似如千手觀音。

這面是盞路燈，對我
也許僅僅是一束背影

No.64

距離

我們之間沒有距離
因為從未站在一起

孤單是一種，一個人
試圖尋找的溫度

No.65

改考卷的日子
像在拆圍牆，搬磚。
滿手髒汙最後一場空。

No.66

美景不會讓我心跳加速
白色的風也一樣
冷的心情，你明白

No.67

我曾聽過你親手書寫的溫柔細語
怎麼就再也拉不到那條紅絲線
是遇見了
還是錯過了

No.68

不愛的那人愛的不是那人
卻也不愛任何一個人

像斷了根的高跟鞋
剩下一隻

No.69

「執子之手,與子偕老」
你唱起詩經的神情與月光同等迷人
天空卻再也忍不住　狂咳
出一口鮮血

No.70

黑夜在空中掉下一枚硬幣

把星子們嚇出一身冷汗

No.71

距離把真實想像成一具模糊的鏡面

因此我們讀詩寫詩

因此我們

相識

No.72

深山沒有光

光是內在正在燃燒的一枚晶體

No.73

從天空中看自己

是一顆孤獨的影子

暗暗躲在十字路口的紅燈下

No.74

鏡子中長著一座沸騰文字的深林
住著一個詩樣的女人

No.75

發生問題，解決問題
問題發生，問題解決。然後，
你這樣就過了一生

No.76

她是煙，承載著你的愛與意識
夜半彎腰的月光中
她化為幽幽的
一句，詩。

No.77

你心裡的影像照射一個
相對世界，我是你眼中扭曲的幻影
其實
我僅是客觀的一點存在

雲朵_截句

No.78

你在固定的軌道裏跑

前面越來越少

而後面越來越多

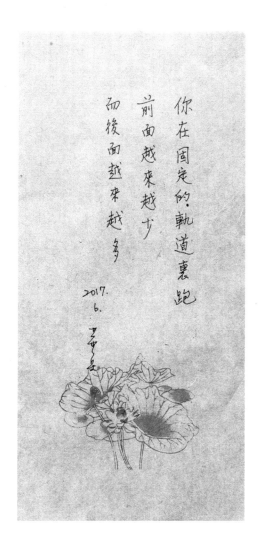

你在固定的·軌道裏跑

前面越來越少

而後面越來越多

2017.
6.

No.79

去年你俯看光陰

今年，流霜正

煽動草原

No.80

所有的美好都來自於陌生

雲朵截句

No.81

你想要怎樣都沒有關係

我們不會關門拉窗

因為我們

已經，沒有門窗

雲朵截句

No.82

冬就在牆外，等待一陣風

把秋的黃色瞬間變白

你的風也是

髮就白了

No.83

你寫著願望
在青蛙跳上水面時順便帶走
到遠方
有大海的地方散播

No.84

你，遇見了文字

遇見鏡子後面的虛擬世界

像一座剛建造的船

載著少與老，航行著

No.85

年輪已幫我走過重重疊疊的悲喜哀傷

你也是。

No.86

島上的睡蓮

島上有半枚月光
剛好掉在你的眼睛深處
被浮出來的睡蓮
開放了一整個無人的深夜

No.87

你跳入河中撈起深深淺淺的暮色
一把風中的蘆葦，扎著手掌
後腳跟把歲月踩出窟窿

雲朵截句

No.88

旋轉成風的髮，風的記憶
拉起狂歡的旋舞

No.89

躺在風的身上沒有重量
隨著地球轉東繞西沒有繩子
影子留給宇宙
我留給影子的影子

貓在風的身上沒有重量

隨着地球轉東繞西沒有繩子

影子晉給宇宙

我留給影子的影子

雲朵

No.90

我們來不及看雲
只是低頭匆匆行走，不斷
趕著自己的影子

No.91

滿樹的花卻結不出果實

因為那根部有一隻老鼠正啃著

牠越來越大

樹就日漸枯萎了

No.92

我踩著今晚的夜色與月光
把落葉的脈動穿過一道道鞋印

雲朵_截句

No.93

時間把一切都沉澱了

你的心此刻才呈現透明

No.94

向下，俯看世界的時候
世界的眼睛
也在看你

雲朵_截句

No.95

今夜

我讀文字，像在讀你的一生

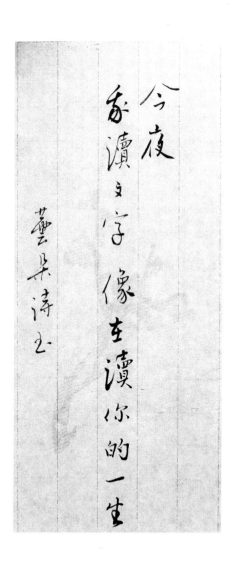

今夜

我讀文字

像去讀你的一生

雲朵詩社

No.96

喝一杯咖啡的時候，
時間就死去。

雲朵_截句

No.97

失落的語言在空中喃喃自語

沒有回應的弦聲沉默如無邊的海洋

No.98

沒有喧囂過度的浪漫
我把一瓢清水倒入壺中
就是那樣　　那樣
清清淡淡

No.99

一粒米是一個世界

住著我　以及

看著我的

你

No.100

你寫起傳說

用晨起時，掛在樹尖的露珠

山泉水煮出一壺

美麗的詩

No.101

歷史從不停歇
只是在後花園的草叢裡
弄丟了一隻鞋

No.102

每一秒都在爬行

沿著你想像的呼吸

在院落，在微光閃閃的樹葉叢間

No.103

誠實彷彿某種春天的綠

鑲上寶石，不裱框

No.104

一滴眼淚瞬息蒸發

三生三世只是昨日的煙塵

No.105

愛情離去的時刻，沒有預告片
就像那天
興許太陽過於熱情

No.106

浪潮像巔倒的山峰

從海洋裡看見你無數的倒影

臺灣詩學25週年　截句詩系10　PG1906

雲朵截句

作　　　者／雲　朵
責任編輯／林昕平
圖文排版／周妤靜
封面設計／楊廣榕

發 行 人／宋政坤
法律顧問／毛國樑　律師
出版發行／秀威資訊科技股份有限公司
　　　　　114台北市內湖區瑞光路76巷65號1樓
　　　　　電話：+886-2-2796-3638　傳真：+886-2-2796-1377
　　　　　http://www.showwe.com.tw
劃撥帳號／19563868　戶名：秀威資訊科技股份有限公司
　　　　　讀者服務信箱：service@showwe.com.tw
展售門市／國家書店（松江門市）
　　　　　104台北市中山區松江路209號1樓
　　　　　電話：+886-2-2518-0207　傳真：+886-2-2518-0778
網路訂購／秀威網路書店：http://store.showwe.tw
　　　　　國家網路書店：http://www.govbooks.com.tw

2017年11月　BOD一版
定價：300元
版權所有　翻印必究
本書如有缺頁、破損或裝訂錯誤，請寄回更換

國家圖書館出版品預行編目

雲朵截句 / 雲朵著. -- 一版. -- 臺北市：秀威
資訊科技, 2017.11
　　面；　公分. -- (截句詩系 ; 10)
BOD版
ISBN 978-986-326-473-6(平裝)

851.486　　　　　　　　　　106017240

讀 者 回 函 卡

感謝您購買本書，為提升服務品質，請填妥以下資料，將讀者回函卡直接寄回或傳真本公司，收到您的寶貴意見後，我們會收藏記錄及檢討，謝謝！如您需要了解本公司最新出版書目、購書優惠或企劃活動，歡迎您上網查詢或下載相關資料：http:// www.showwe.com.tw

您購買的書名：＿＿＿＿＿＿＿＿＿＿＿＿＿＿＿＿＿＿＿＿＿

出生日期：＿＿＿＿＿年＿＿＿＿＿月＿＿＿＿＿日

學歷：□高中 (含) 以下　　□大專　　□研究所 (含) 以上

職業：□製造業　□金融業　□資訊業　□軍警　□傳播業　□自由業
　　　□服務業　□公務員　□教職　　□學生　□家管　　□其它＿＿＿

購書地點：□網路書店　□實體書店　□書展　□郵購　□贈閱　□其他

您從何得知本書的消息？

　　□網路書店　□實體書店　□網路搜尋　□電子報　□書訊　□雜誌

　　□傳播媒體　□親友推薦　□網站推薦　□部落格　□其他＿＿＿＿＿＿

您對本書的評價：（請填代號　1.非常滿意　2.滿意　3.尚可　4.再改進）

　　封面設計＿＿＿　版面編排＿＿＿　內容＿＿＿　文／譯筆＿＿＿　價格＿＿＿

讀完書後您覺得：

　　□很有收穫　□有收穫　□收穫不多　□沒收穫

對我們的建議：＿＿＿＿＿＿＿＿＿＿＿＿＿＿＿＿＿＿＿＿＿

＿＿＿＿＿＿＿＿＿＿＿＿＿＿＿＿＿＿＿＿＿＿＿＿＿＿＿＿＿

＿＿＿＿＿＿＿＿＿＿＿＿＿＿＿＿＿＿＿＿＿＿＿＿＿＿＿＿＿

＿＿＿＿＿＿＿＿＿＿＿＿＿＿＿＿＿＿＿＿＿＿＿＿＿＿＿＿＿

11466
台北市內湖區瑞光路 76 巷 65 號 1 樓

秀威資訊科技股份有限公司 收

BOD 數位出版事業部

....

（請沿線對折寄回，謝謝！）

姓　　名：＿＿＿＿＿＿＿＿＿　年齡：＿＿＿＿　性別：□女　□男

郵遞區號：□□□□□

地　　址：＿＿＿＿＿＿＿＿＿＿＿＿＿＿＿＿＿＿＿＿＿＿

聯絡電話：(日) ＿＿＿＿＿＿＿＿＿＿　(夜) ＿＿＿＿＿＿＿＿＿＿

E-mail：＿＿＿＿＿＿＿＿＿＿＿＿＿＿＿＿＿＿＿＿＿＿